AF496349

1695. Ode

a mr de clermont-Tonnerre
Evesque de noyon.

1696

A MONSEIGNEUR L'ILLUSTRISSIME ET REVERENDISSIME FRANÇOIS DE CLERMONT, DE TONNERRE, EVEQUE, COMTE DE NOYON, PAIR DE FRANCE, CONSEILLER ORDINAIRE DU ROY en ſon Conſeil d'Etat, & Commandeur de ſes Ordres.

Avec une Priere pour le Roy & pour la Paix.

A PARIS.
Chez PIERRE DE LAUNAY, ruë ſaint Jacques, à la Ville de Rome proche la Fontaine S. Severin.

M. DC. XCVI.

AVEC APPROBATION.

A MONSEIGNEUR
L'EVÊQUE DE NOYON.

ONSEIGNEUR,

VOUS sortez d'une des plus anciennes & des plus nobles Maisons du Royaume; vous contez même parmy vos Ancêtres des Saints & des Roys: mais ce n'est point à ces sources si belles que vous devez la plenitude de la gloire qui vous environne; c'est à votre seul merite, & par vous-même vous êtes un Prelat des plus accomplis de nos jours. Vous avez le zele intrepide & l'éloquence touchante d'Ambroise, l'humilité profonde & la doctrine sublime d'Augustin, la pieté solide de Rhemy, & la simplicité sainte d'Eloy, dont vous remplissez si glorieusement le Trône.

Oüy, MONSEIGNEUR, c'est ce merite personnel, qui vous égalant à vos Ancêtres, vous fait encore un des grands Princes de l'Eglise; & c'est ce même merite si distingué, qu'il attire sur vous les plus éclatantes marques de l'estime & de l'amitié de LOUIS LE GRAND, qui a inspiré à ma Muse la noble audace de se distinguer aussi, en vous peignant dans une Ode.

Je say que dans ce Portrait il y aura mille bons endroits échapez; d'autres qui ne seront pas assez fideles; d'autres qui ne seront pas assez delicatement touchez; mais je say aussi qu'il n'y aura rien de flatté. Et puis, quelle imagination assez vaste peut vous comprendre tout entier? MON-

EPISTRE.

SEIGNEUR! quelle idée assez vive peut vous attraper? En est-il d'assez juste, pour bien exprimer les sentimens patetiques, que vous y faites naître de votre vertu?

Mais comme Dieu, dont vous êtes parmy nous une Image si parfaite, MONSEIGNEUR, ne dédaigne pas les foibles loüanges de ses moindres Creatures, parce qu'elles sont sinceres; j'espere qu'à son exemple, vous aurez aussi la bonté d'agréer les miennes; puisque ce n'est que par cette même sincerité, que je prens la confiance de vous les presenter, MONSEIGNEUR, & de me dire avec une profonde soumission,

DE VOTRE GRANDEUR,

Le tres-humbles & tres-obéïssant serviteur GUEULETTE, Prieur de C. & du D.

MADRIGAL.

AH! ſi cette Ode pouvoit plaire
A ce rare Prelat que l'Egliſe revere;
O Muſes! quel bonheur ſeroit égal au mien?
Heureux! qui prés de luy peut être neceſſaire,
Dans un employ, fût-il de rien;
CLERMONT eſt des Vertus un ſi grand exemplaire,
Qu'il faut ſeulement le voir faire,
Pour devenir homme debien.

O D E.

GRAND PRELAT! en qui l'on revere
L'Auguste sang de tant de Roys, *
Qui regnerent sur le Calvaire,
Et porterent si loin l'Empire de la Croix;
Illustre de ta propre gloire,
Ce n'est point par l'éclat qui brille en leur Histoire,
Que je veux aujourd'huy vanter tes saints Explois;
Et je ne feindray point d'emboucher la trompette,
Moy, qui ne sais toucher qu'une simple musette,
Si tu daignes ayder les efforts de ma voix.

A faire un digne choix, l'infaillible Loüis,
Te donne en son Conseil une place ordinaire;
Quel fruit n'attend il pas de tes sages avis?
Toy, qui les peses tous au poids du Sanctuaire.

* Rois de Jerusalem & de Sicile. *Voyez Sainte Marthe.*

A

Qu'il eſt aiſé de voir qu'il t'ayme,
Et que de ton merite il connoît bien le prix,
Par l'auguſte *Cordon* de cet ordre ſupréme,
Qu'on ne voit qu'à ſes Favoris.

Loin ! ces marques d'honneur, ces titres glorieux ;
Loin ! ce ſacré depôt de ſa toute-puiſſance,
Dont Rome honorant tes ayeux,
Publia ſa Reconnoiſſance.
Ouy, Clefs ! ſceptre ! Cordon ! on a beau vous vanter ;
A quelque haut prix qu'on vous mette,
Vous ne valez pas la Houlette
Du Paſteur, que je vay chanter.

Houlette ſainte de nos Peres !
C'eſt à vous, que les Cieux ouverts,
Dans les Champs, & dans les Deſerts,
Revelerent jadis leurs plus ſecrets myſteres.
Dieu d'Abraham ! d'Iſaac ! de Jacob ! ſi ces Rois
Sous ta puiſſante main ont regné ſur la Terre ;
Contre tes ennemis quels que ſoient leurs Exploits,

Avoient-ils plus d'honneur à leur porter la guerre,
Que d'apprendre aux Hebreux à vivre ſous tes loix ?

Ta Majeſté plus ne me touche ,
Que quand tu parles bouche à bouche,
Dans le buiſſon ardent, à ce fameux Berger,
Qui, pour mener ton Peuple en la Terre promiſe,
Et d'un cruel Tyran hautement les venger,
De ſa ſeule Houlette abat ſon trône, & briſe
Leurs fers, dont Pharaon ne veut les dégager.

Mais quand au Deſert je voy boire,
Au Torrent d'un Rocher, ce Peuple bien-aimé,
Ce prodige, à mon ſens, merite plus de gloire,
Que de voir dans la mer le Tyran abîmé.

Qui des deux a plus d'avantage ?
Qui l'emporte en David, du Berger, ou du Roy ?
Etoit-ce à la Bête ſauvage ?
Etoit-ce aux Philiſtins, qu'il donnoit plus d'effroy ?
Oüy ! le Glaive à la main, il a domté la Rage

De tous tes Ennemis, de sa gloire jaloux;
Mais armé d'une Fronde, eut-il moins de courage,
Quand le fier Goliath expira sous ses coups?

Josué d'Ennemis va couvrant la Campagne,
Quand Moïse sur la montagne,
Tient les bras levez vers le Ciel;
Mais lorsque de foiblesse,
Vers la terre il les baisse,
Aussi-tôt Israël
Fuït devant le vaincu, qui le pousse, & le presse;
Tant il est vray que, quel que soit l'effort
De la Vertu guerriere,
Sans le secours de la Priere,
Elle ne peut long-temps avoir un heureux sort.

Cedez donc, Sceptres de la Terre!
A la Houlette du Sauveur.
Le plus fort auprés d'Elle est un Sceptre de verre,
Et sa Simplicité confond votre Grandeur.
Roys! si le Ciel vous fait nos Arbitres suprémes,

Le Ciel fait les Prelats Arbitres de vous-mêmes;
Et si le Roy des Roys a mis
Au front de vos [a] Pareils d'éternels Diadémes,
Ne les doivent-ils pas aux tendresses extrémes
Des Ambroises & des Remis?

Sacrez Troupeaux de CHRIST! dites-moy, de quel zele
Votre cœur n'est point enflammé,
A l'aspect de CLERMONT, de ce Pasteur fidele,
Pour vous d'amour, de soins, de veilles consumé?
Des Pasteurs n'est-ce point le plus parfait modele,
Que sur le grand Pasteur l'Esprit saint ait formé?

Auguste [b] Senat! quelle ardeur
Ne sentiez-vous pas dans vos ames,
Quand sa Bouche dorée y répandoit son cœur
En un torrent de saintes flâmes?
N'entendîtes-vous pas cent fois
L'Auditoire applaudir des mains & de la voix,

[a] Theodose le Grand & le grand Clovis.
[b] Quand il fit sa harangue à la rentrée du Parlement.

Et s'écrier, l'ame ravie ?
» Oüy, l'illuſtre CLERMONT merite ce haut Rang,
» Dans cette illuſtre Compagnie,
» Mais ſa noble Vertu n'en doit rien à ſon Sang.

Tel jadis dans l'Areopage,
L'on vit le divin Paul tonner,
Et tant de Sages étonner,
Par les vives raiſons d'un celeſte Langage.
L'Oracle du Lycée alors fut confondu ;
L'Oracle du Calvaire alors fut entendu ;
Le Démon du Savoir avoüa ſa foibleſſe ;
De ce vray Sage enfin les modeſtes leçons
Le firent triompher de la vaine ſageſſe
Des Socrates & des Platons.

Ne nous parloit-il pas le langage des Anges,
Dans l'Eloge d'un * Saint qu'il nous faiſoit un jour ?
De quel air nous dit-il ſes divines loüanges ?
Et de quel trait de feu peignit-il ſon amour ?

* Faiſant le Panegyrique de S. François de Sales, dans l'Octave de la Canonization de ce Saint, à S. Jean en Greve.

Ne fit-il pas plutôt deux Peintures égales
D'un François de Clermont, & d'un François de Sales,
Exprimant les vertus du devoir Pastoral?
Ce sacré Parelie eut tant de ressemblance,
Que le plus fin Esprit fut long-temps en balance,
Pour savoir qui des deux étoit l'Original.

Tirer des pleurs des Madeleines;
Changer leurs feux impurs en de chastes amours;
Donner une foy vive à des Samaritaines,
Sont les moindres effets de ses sages discours.
O Maison d'Israël! que de Brebis perduës
T'ont été depuis peu renduës!
Que de masques levez sur des cœurs déguisez!
Que les éclats de ce *Tonnerre*
Ont renversé de *Sauls* par terre!
Que de cœurs de rocher en ont été brisez!

Vives Sources! sacrez Ruisseaux!
N'est-ce pas par ses soins qu'on voit en ces Contrées,
Dans toutes les saisons, vos salutaires eaux

Laver ou rafraîchir ſes Brebis alterées ?
Où ne cherche-t-il point ſes Brebis égarées ?
Quel * loup impunément inſulte à ſon Troupeau ?

Diray-je l'étrange avanture
D'un Monſtre d'horrible figure,
Que les Démons jaloux lâcherent en ces lieux ?
D'un loup échapé de Cerbere ?
Il a le corps, la tête de ſon pere ;
Sa queuë eſt d'un vipere ;
La rage eſt en ſa gueule, & la peſte en ſes yeux.

Rien ne peut arrêter la fureur qui l'emporte ;
Il force le Bercail, abbat, déchire, mord ;
Autant de coups de dents qu'il porte,
Sont autant de coups de la mort ;
Et la Houlette la plus forte
N'eût fait, à le domter, qu'un inutil effort.
Houlette de CLERMONT ! au milieu du carnage,

* Un loup affamé, qui pendant pluſieurs jours, entra dans le Faubourg de Noyon, & mordit pluſieurs habitans qui en devinrent enragez, & qu'il falut étouffer.

Tu reprîmes sa rage,
Et ce monstre à son tour expire dans son sang.
Il vomit, en grondant, le membre qu'il devore,
Et le Troupeau s'effraye encore,
Des boüillons écumeux qu'il pousse de son flanc,

Mais le Monstre épuisé par sa large blessure,
De ce sang infernal, mêlé de sang humain;
A la voix de CLERMONT son Troupeau se rassure,
S'assemble autour de luy, le flatte, & de sa main
Reçoit du pain vivant la celeste Pâture;
Enfin sous sa Houlette il goûte desormais
Dans nos fertiles champs, une profonde paix.

Mais qu'ay-je dit? helas! quelle paix? quel repos
Pour ces miserables oüailles?
La rage, par leur playe, entrée en leurs entrailles,
S'irrite du secours qu'on leur porte à propos.
Le devorant poison, au moment qu'il s'allume,
Leur fait boüillir le sang, fond la moëlle en leurs os;
L'un hurle, l'autre mord, l'un se bat, l'autre écume;

La Mer leur offre en vain la vertu de ſes flots.
Le mal, dés ſa naiſſance, eſt un mal ſans remede.
Qui l'approche, ou le touche, en eſt frappé d'abord.
Enfin l'on fuit, au lieu de courir à leur aide,
Et le plus promt ſecours, c'eſt une promte mort.

❧

De CLERMONT, d'un Heros ſous l'habit d'un Paſteur,
Egalement ardent, vigilant, intrepide,
Au-deſſus du peril s'éleve le grand cœur.
La plus fâcheuſe mort n'a rien qui l'intimide.
Pour le ſalut des ſiens ſon ame eſt en ſes mains,
Toujours prêt d'afronter mille trépas certains.
Ils ſoufrent, on luy dit, il y court, il y vole.
S'il ne peut les guerir de leurs maux furieux,
Il les conforte, il les conſole;
Et la force de ſa parole
Les tire des Enfers, & les met dans les Cieux.

❧

Quand Dieu pour leurs pechez leur declare la guerre;
Ou la brûlante Peſte, ou la hideuſe Faim
Les deſole t'elle? Et la Terre,

Leur eſt elle de fer ? le Ciel eſt il d'airain ?
Penetré juſqu'au cœur de leurs peines cruelles,
On voit alors CLERMONT par tout à pleines mains
Répandant largement ſes treſors en leur ſein,
Et dans un avant-goût des douceurs éternelles,
Dont ſa vie, & ſa voix leur montrent le chemin,
Ils attendent de Dieu les promeſſes fidelles,
Qui couronnent leurs maux par une heureuſe fin.

Si jamais de ce CHEF, qui remplit la Thiare,
Tombe un de ſes Rayons, dont tant d'autres il pare,
Sur un Membre ſi digne ... où vas-tu t'abîmer ?
Connois mieux le Dedale où t'on eſprit s'égare,
Muſe inſenſée ! helas ! ſur les aiſles d'Icare,
C'eſt monter au ſoleil, pour tomber dans la mer ;
Dans ce vaſte deſſein, malheureux, qui s'engage ;
L'admirer & ſe taire, eſt le digne langage,
Dont, modeſte qu'il eſt, on puiſſe le vanter ;
Et ſi nos yeux charmez, au defaut de la langue,
Diſent que pour luy plaire, il le faut imiter,

C'eſt, à ſon gré, luy faire une juſte harangue.

Mais non, tu n'es pas temeraire ;
Et favorablement CLERMONT t'accueillera.
Il eſt bon, tu le ſais, ta loüange eſt ſincere,
Toute foible qu'elle eſt, ta loüange plaira.
Qu'un fat le flatte, il l'effarouche ;
Qu'un cœur franc luy parle, il le touche.
Sa vertu hait le fard qui ternit ſa ſplendeur ;
Et comme n'eſt jamais la loüange complette
Des Anges, qui ſans fin beniſſent le Seigneur,
La nôtre pour CLERMONT eſt toujours imparfaite;
Luy ſeul ſe peut aſſez loüer de ſa Grandeur.

FIN.

APPROBATION.

Leu en Sorbonne le 26. Avril 1696. pour Monſ. le Chancelier.

PIROT.

SUR LES ARMES DE MONSEIGNEUR l'Evêque de Noyon, qui sont deux Clefs d'argent en sautoir, dans un champ de gueule.

EPIGRAMME.

A L'Eglise, au Conseil, au Parlement, au Louvre,
Veut-on savoir comment CLERMONT tient le haut bout ?
Sa RACE & son SAVOIR sont ses Clefs ; dont il s'ouvre
Les accés à la gloire, & la trouve par tout.
Si donc par son credit, ce Prelat favorable
Pouvoit rendre agreable
Ma priere à Sa Majesté ;
Ah! que pour cet Auguste, & que pour mon Mecene,
On verroit de beaux traits de ma rapide veine
Jaillir jusques au sein de l'Immortalité.

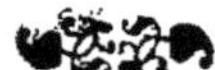

PRIERE POUR LE ROY, ET POUR LA PAIX.

RAND Dieu! qui fais les Roys, pour gouverner la Terre ;
Jusqu'à quand verrons-nous des Tyrans, des Vassaux
Regner impunément dans la triste Angleterre?
Il n'est plus de Cromvels ; mais il est des Nassaux,
Qui livrent aux Stuarts, à toy-même la guerre.
Faut-il encore long-tems soûtenir leurs assaux ?

Des portes de l'Enfer retire ton Eglise,
Qui gemit chez l'Anglois, au mépris de ton Sang,
Que luy coûta l'auguste rang,
Où tant de pieux Roys l'ont mise.
Puny de ton saint Nom le sacrilege oubly,
Et du vray sacrifice à Londre rétabli,
Impute le merite à mon Roy magnanime;
Que les Mutins soumis à tes droits immortels,
Et rentrez sous les loix de leur Roy legitime,
Redressent avec luy son Trône, & tes Autels.

Mais d'un zele indiscret ardeurs trop empressées!
Pourquoy si vainement pour eux m'interesser?
Cessez vœux superflus! importunes pensées!
Au lieu de le flechir, ce n'est que l'offenser.
Cessez pour des ingrats, prieres insensées!
Ses bontez sont à bout, & c'est trop les lasser:
Oüy, Seigneur, oüy, c'est trop attendre à t'y resoudre,
Leur Orgueil mont sur mont ne cesse d'entasser.
Si-prés d'être insulté, hâte-toy d'amasser

Les plus noires vapeurs, dont tu forme la foudre;
Il est temps qu'elle mette en poudre
Ces Géans, qu'aisément on ne peut terrasser.

En vain nous gagnons des batailles,
En vain nous forçons des Remparts,
Et faisons voir de toutes parts
Leurs Champs couverts de morts, privez de funerailles;
Des Legions de Combattans
Semblent en naître tous les ans,
Et leur relever le courage;
Et cependant, Seigneur, que de Heros peris!
Leurez d'un faux espoir d'un frivole avantage,
Dont Nassau, plus fin qu'eux, les a toujours nourris.

Si tu voulois lever le charme,
Dont il tient leurs yeux ébloüis,
Ils verroient bien que ton bras s'arme
Pour la défense de LOUIS.
Ils avoueroient que ta Puissance
Est le Bouclier de la France.

Qui rend leurs efforts impuiſſans ;
Que d'un leger ſuccez la fauſſe renommée
Flatte des Peuples languiſſans,
Et leur fait avaler une douce fumée,
Qui les enyvrant tous, & leur ôtant les ſens,
Vaut mieux pour leur Idole au carnage animée,
Que la divine odeur d'un precieux Encens.

Seigneur, daigne faire ceſſer
Le Deluge des maux, où nous plonge la Guerre!
Que la Palme à la main, deſcendant ſur la Terre,
Ton Ange de la Paix vienne nous l'annoncer.
Dans ton Arche * nouveau ſauve-nous du naufrage,
En diſſipant ce long orage;
Que n'y revoyant plus le Corbeau carnaſſier,
La Colombe y rapporte un Rameau d'olivier,
De ton Couroux flechi, l'heureux & ſeur preſage.
Acorde-nous la Paix, qu'on n'attend que de Toy,
Ou finy cette guerre, en donnant à mon Roy
Sur tous ſes Ennemis une victoire entiere;
Hâte, pour les punir, le jour de ta fureur;

* L'Egliſe.

Fais d'eux ce que le vent fait d'un peu de poussiere ;
Et que leur vaste Camp soit la digne matiere,
Dont ton Ange Exterminateur
Fasse encore une fois un vaste cimetiere.

N'en laisse pas, Seigneur, échaper à ses coups.
Que ce Ministre ardent de ton âpre couroux
Les poursuive par tout, & leur donne la chasse;
Qu'ils bronchent sur la Terre, ainsi que sur la Glace;
Qu'ils ne fuyent qu'en tournoyant;
Que le jour sur leurs pas éteigne sa lumiere;
Et pour comble de leur misere,
Que de son Glaive flamboyant
L'inconstante lueur seulement les éclaire;
Et qu'ils soient, sans que nul daigne les secourir,
Morts de frayeur cent fois, avant que de mourir.

Que du fer de LOUIS, dans un combat, perisse
Le Chef d'un peuple si *felon*,
Ou que ce second Absalon
Soit le bouteau de son supplice.

Ce grand Revers si plein d'effroy;
Mais si digne de ce faux Roy,
De tous nos Ennemis finira la malice;
Et tous les Gens de bien t'en loüant avec moy,
Diront, que ta bonté fait place à ta Justice,
Et que, severe, ou bon, nul n'est égal à Toy,
Qui dans son plus grand feu, sçais mettre un frein au Vice,
Et le faire en tremblant subir ta douce Loy.

Tant de pertes, tant de miseres,
Que nos heureux Exploits chez Eux leur font soufrir,
Ne leur font point quitter leurs desseins temeraires,
Ils refusent la Paix qu'on veut bien leur offrir.
Je ne sçay quels magiques charmes
A tant de carnages, d'alarmes
Peuvent si fort les attacher;
Romps-les, arrête enfin la fureur de leurs armes;
Eteins-la dans leur sang, ou plutôt dans leurs larmes;
Et si tant de malheurs ne sauroient les toucher,
Donne un coup de ta Verge à ces Cœurs de rocher.

Sachant combien dans la licence,
Qu'on ne peut reprimer à la Guerre, on t'offenſe,
Combien vit le ſoldat dans l'oubly de ta loy,
J'épanche avec mes pleurs, mon ame devant Toy,
Dans le jeûne, & dans le ſilence;
Nous, & nos Ennemis, ingrats à tes bienfaits,
Meritons que ta main puniſſe nos forfaits;
Mais ſans nous acabler, contente ta juſtice
Des châtimens qu'elle en a faits.
Puiſque de ta Bonté c'eſt l'un des plus grands traits,
De vouloir qu'un Pecheur vive, & ſe convertiſſe,
Des plaiſirs criminels fuyant les faux attraits.

Aprés tant de rigueurs, que ta main s'adouciſſe;
Aprés tant de diſcors, que ta main nous uniſſe;
N'ayons tous qu'une loy, qu'un cœur, qu'un ſacrifice,
Que rien ne trouble deſormais;
Et pour faire du Ciel deſcendre ſur la Terre
Tous les biens, qui toujours accompagnent la Paix,
Renferme en ſon Cachot le Demon de la Guerre,

Que tous les maux d'Enfer n'abandonnent jamais.

La bouche de l'Envie alors sera fermée,
Qui de LOUIS LE GRAND rend ses voisins jaloux;
Mais ne suffit-il pas, pour les confondre tous,
Des cent voix de la Renommée?
Oüy, Seigneur, c'est assez qu'elle fasse savoir
De LOUIS seul armé contre six le pouvoir,
Qui dans leurs bornes les resserre;
Que son Coq remplaçant l'Aigle de ses Ayeux,
En est toujours victorieux.
Du Belgique Lion, des Tigres d'Angleterre
Il saura domter la fierté,
Et volant devant nous, au milieu de leur Terre
L'Etendart de la Croix sera bien-tôt planté.

VIERGE & Mere d'un Fils, qui l'est de l'Eternel!
Et d'un si bon Roy la Patrone!
Le Roy son Pere a mis, par un vœu solemnel,
Sous ta puissante main ses Enfans, & son Trône.

Daigne auprés de ton Fils te souvenir du sien;
Et puisque la France est ton bien,
Et que ses chastes Lys sont tes fleurs favorites;
Empêche qu'un Impie en corrompe l'odeur;
Et que des Mécreans, & que des Hypochrites,
Les mains pleines de sang en soüillent la candeur.

Retrace en leurs esprits cette sanglante image
Du Camp, où nostre Auguste [a], implorant ton secours,
Signala sa valeûr, & remplit de carnage
Bovines [b], qui d'horreur en fremira toujours.
Les mêmes Ennemis luy portoient des Entraves;
Vaincus, quoique plus forts, ils furent ses Esclaves;
Le [c] Temple qu'il t'offrit, celebra ce Revers;
Le Temple que LOUIS promet pour sa victoire,
Doit porter aussi loin, que s'étend l'Univers,
Sa reconnoissance, & ta gloire.

Voila, voila, grand Dieu! ce qu'un sujet fidele

a Philippe Auguste, Roy de France.
b Bataille de Bovines.
c Nôtre-Dame de la Victoire prés Senlis.

Te dit, ſoir & matin, proſterné devant Toy,
Pour ſa Patrie, & pour ſon Roy,
Fils aîné de l'Egliſe, & ſi zelé pour elle.
Dans nos preſſans beſoins, Seigneur!
Souviens-toy de LOUIS, de toute ſa douceur,
De cette ardeur, dont il deſire
Ramener ſous tes Loix nos fréres revoltez,
Et ſur luy daigne enfin étendre tes bontez
Auſſi loin, qu'il ſouhaite étendre ton Empire.

FIN.

[illegible]

[illegible]

[illegible]

[illegible]

[illegible]

[illegible]

[illegible]

[illegible]

[illegible]

[illegible]

[illegible]

www.ingramcontent.com/pod-product-compliance
Ingram Content Group UK Ltd.
Pitfield, Milton Keynes, MK11 3LW, UK
UKHW021202230726
13926UKWH00001B/251